KB242300

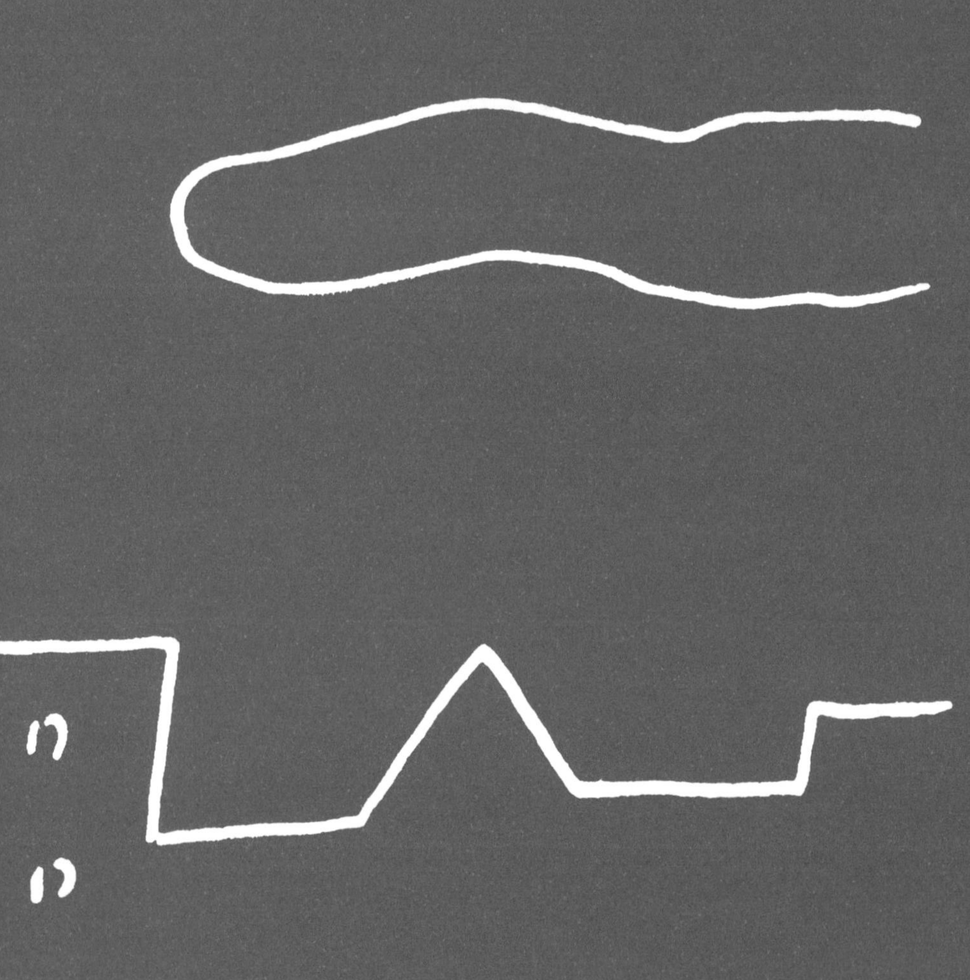

내가 정말
원하는 건 뭐지?

마스다 미리 만화

박정임 옮김

이봄

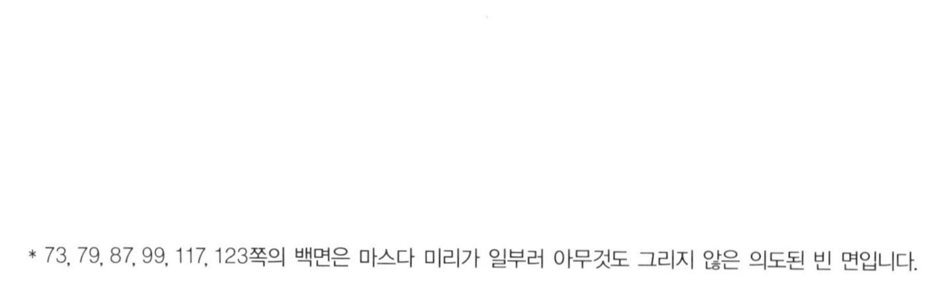

* 73, 79, 87, 99, 117, 123쪽의 백면은 마스다 미리가 일부러 아무것도 그리지 않은 의도된 빈 면입니다.

입 밖으로 꺼내고 나면
의미가 달라지곤 한다.

내가 정말
원하는 건 뭐지?

왜
그런 걸까?

나는 늘

여러 가지
생각을 한다.

다녀왔습니다~

그렇지만,
그 생각을

엄마는
좋겠네.

어서 와라~
간식 먹자.

엄마랑,
지하루네 엄마랑,
누가 더 젊어 보여?
응?
응?

음…

오늘
있잖아,

엄마?

처음 간 미용실에서
다들 엄마보고
젊어 보인다고
놀라는 거야~

리나,
안녕~

음…
그래~?
어디가 젊어 보여?

어머,
많이
컸구나.

헤어스타일?

그만큼 나도
나이를 먹은 거네,
슬프다~

어른들은

추워졌네.

그런데
자기, 둘째는?

나이 들기
싫다고
말하는 걸
좋아하는구나.

이제 슬슬
낳아야지.

사람에게

아이가
혼자면
가엽잖아.

가장 좋은
나이가 있다면

그건
몇 살일까?

형제라도 있으면 좋을 텐데.

우리 이번주 일요일 말인데,

난 엄마랑 둘이 가도 좋아요.

미안, 출근해야 돼…

다음에는 아빠도 갈게. 회사 하루 쉴 수 있는 날로 다시 잡아보자.
그래?

동물원은 둘이서 갔다 와.
에이, 그래?

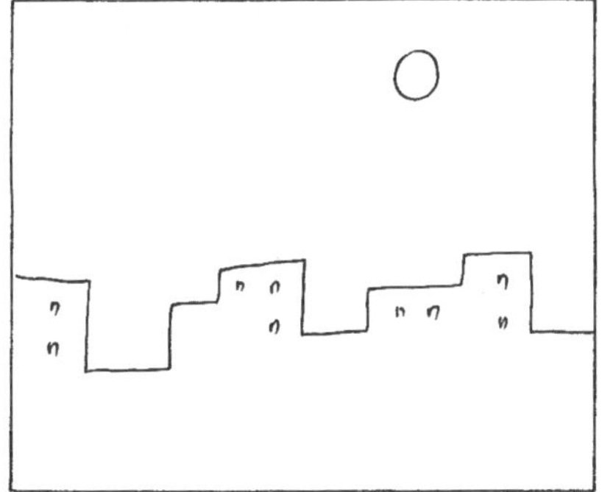

자기야, 그렇지만 애도 나랑 둘이서만 가면 재미있을까…

어른들에게

그래,
잘
자라.
양치질
다
했어요.

'가여운 아이'
취급을 받고 있다.

동생이
있으면
좋겠어?
리나야,

가엽다는 건
어떤 걸까.

외동딸이라,
엄마가
미안해.

'가엽다'
라는 건
무서운
건가?

난
괜찮은데.

리나야,
내일
체육복
필요하니?
응.
엄마,
그런데,

만약 무서운
것이라고 해도
도망칠 순 없는걸.

도깨비는 있어?

왜냐면

아니, 없어.
보이지도 않는 걸
무서워하면
뭐해~

'가여운' 건
눈에 보이지
않으니까.

......
얼른
자거라.

무서워…
'가엽다'라는 건
도깨비
같은 걸까?

찰칵
엄마는 가끔 병문안을 가신다.

내가 정말 원하는 건 뭐지?

우린 이제 케이크 먹을까?

다에코, 그럼 부탁해.

새언니가 선심 쓰셨네.
우와, 이 케이크 비싸 보이는데!!

할머니에게 안부 전해 주세요.

다에코 고모는 아빠의 여동생으로, 옆 동네에 살고 있다.
어떤 거 먹을래? '시작!' 하면 집는 거야!
좋지?

외할머니가 입원해 있기 때문에
말 잘 듣고 있어.

그런 거니까
신경 쓰지 마.
와,
맛있다~
뭐,
세상이
응,
월차.
고모, 오늘 회사
쉬는 날이야?
그렇게
만만하지는
않지만.
한입만
줘
앗
아,
모르겠구나.
월차?
자고로 인생에는
자기가 원하는 날
쉴 수 있는 휴일이
필요한 법이야.
우물
우물

어렸을 때부터
하고 싶었던 거야?

아~
평일 오후는
좋구나.

그런 건
아니지만.
하하하

사무직
이야.
고모는
무슨 일
해?

그렇다고 하기
싫어하는 일도
아니었어.

회의 자료를
만들고,
컴퓨터로
계산을 하고.

어렸을 땐
사무직이라는
걸 몰랐으니까.

상당히
바쁘단다.

하하하
'독신주의'
라고.

제과점이나 꽃가게는
알고 있었지만.

찰칵
찰칵
앗,
정원사
아저씨!

지금 하는 일은
특별할 것 없는
평범한 일이지.

작은
나무네.

뭐?
고모는
결혼
안 할
거지?

작은 나무로
보이지?
사실은 그렇지
않단다.

뭐라고
했는데?
아빠가
그랬어.

어때, 잘하지~

이건 '종가시나무'라고 하는데, 10미터가 넘는 큰 나무지.

고모, '주의'가 뭐야?

그렇지!
반듯하게 잘라서 작은 나무로 만드는 거군요.

음, '이렇게 결정했다' 하는 거?

그렇지만 고모가 특별히 독신으로 살겠다고 결정한 건 아니야.

보트 타는 곳

이렇게 생각해보자. 그러니까,
좋은 사람이 있으면 할 수도 있거든.
답을 쓰지 않으면 동그라미를 받을 수 없지?
그렇지만 아파트를 사면 결혼 안 하는 거지?
이런
그러니까, 아빠 답은 동그라미야?
거짓말이라기보다는,
아빠가 거짓말 한 거야?
글쎄…
주르륵

결정된 건 아니라는 거야.

내가 정말
원하는 건 뭐지?

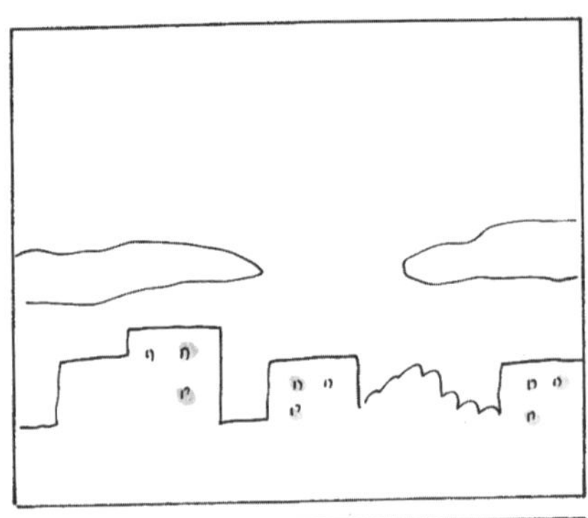

따끈
따끈해서
맛있네.
두우
두우
두우

보트
타는 거,
꽤 운동이
되는걸~
으샤~

옛날에
그랬었지~
아빠는
변호사가
되고
싶었대.

아,

나?
고모는?

고로케
고로케
먹을까?

초등학교 때는
유치원 선생님이
되고 싶어
했지~

글쎄~

그리고
초등학교
선생님도.

하고
싶은 게
계속
바뀌었어.

중학교 때는
소프트볼
선수.

아주
어렸을 적에는
꽃집이랑
빵집 주인,

응,
동아리
활동도
했었어.
투수였는
걸.
고모,
소프트볼
했었어?

그리고
가수도
되고
싶었어.

그리고
대학생이
되고는

그리고?
그다음에는
뭐가 되고
싶었어?

지금의
회사에
시험을 보고
합격했지.

고등학교
때는 신부.

자,
갈까?
쓰레기 줘.

무척
좋아하던
선배가
있었거든.

얏

그 선배랑
결혼만 할 수 있다면
아무것도 필요없다고
생각했어.

글쎄~

들어
갔다!

그렇게
말할 수도
있겠네.

고모.

그렇지만,
꼭
그렇다고도
할 수 없어.

되고 싶은 대로
되지 못한 거야?

되고 싶었던 게
꼭 되고 싶은 건
아니었으니까~

그게
전부가
아니기도
하고,

일이란
건

그네
타자.

세상은
북새통이
될 거야~

되고 싶은
대로 된
사람만
있으면

신부가
되겠다는
꿈 정도는
이루어도
좋겠지만…

하아~

엉덩이가…
좁다…

휭뎅
휭뎅~

그렇지만

여러
가지가
있었지만,

되고
싶은 건

지금의 일을 할 사람이 없으면 회사가 곤란해지긴 하지만,
'그 사람만 있으면 아무것도 필요 없다'
내가 쉰다고 해도 회사는 어떻게든 돌아가지.
뭔가 아닌 것 같아.
라는 건,
어떻게든 돌아가도록 신경 쓰면서 일하면 되는 거야.
내 인생에 '내'가 없으면 안 되니까!
좋은 평가를 받기가 쉽지는 않지만.
라는 말이지~

마음속으로
생각했다.

내가 정말
원하는 건 뭐지?

고모는

저녁밥,
뭐 먹고
싶어?

종가시나무
같다.

좋아,
슈퍼에
들렀다
가자.
오므
라이스.

아까의
작은 나무
찰칵
찰칵

나는

그렇지만

푸르디푸르러

벚꽃나무
처럼

겨울에도
시들지 않고

모든 사람이
이름을
알아주는 것도
아니다.

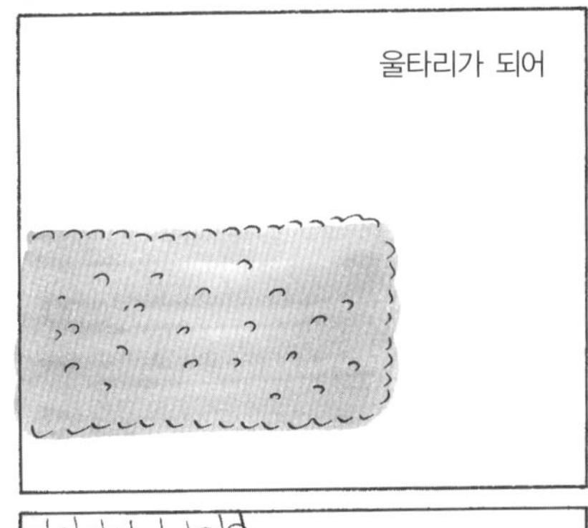

울타리가 되어

종가시나무.

자신의 역할을
하고 있다.

그런데도,

그렇지만

종가시나무는

나는 알고 있다.
정원사
아저씨가
말씀하셨어.

울타리
역할까지
잘 해낸다.

종가시나무는

벚꽃나무는
할 수 없는 일을

사실은
커다란 나무다.

산울타리가
좋아.

종가시나무는
하고 있다.
오~

응!

역시
정원사
아저씨야.
산울타리가
말끔하게
정리되었네.

왠지~

앗,
아빠!

콘크리트
울타리보다는

아, 여기 애기 동백꽃이 피어 있네.

다녀 오셨 어요?

오빠, 그건 그냥 동백이야.

애 보느라 고생했어.

애기동백은 꽃잎이 조금씩 떨어지지만

즐거워 보이던데, 고모하고 무슨 얘기 했어?

뎅강……
동백은 목까지 한꺼번에 뎅강.

집을 산 여자는 결혼을 포기한 거라는 얘기랄까?

이거!
?

뭐,
어느 쪽이든

종가시
나무래.

애기동백이건
동백이건.
화려하고
좋잖아.

난
종가시
나무가
좋아.

수수한 걸
좋아하네
~

여기
여기~
아빠,

내가 정말
원하는 건 뭐지?

어른은 초 한 개가
열 살이란다.

다녀왔어요~
엄마, 케이크
사왔어.

40살
축하해요!
엄마,

고마워.
내가
골랐어.

고마워~

후~

네 개밖에
없어.
초가

* 1970년대 NET 일본교육TV에서 방송되었던 애니메이션.

* 하세가와 마치코 원작 만화 〈사자에 씨 サザエさん〉의 주인공으로 한 가정의 주부.
** 아카츠카 후지오 원작의 개그 만화 〈천재 바카본 天才バカボン〉의 주인공.

그거야
그렇지~

그렇구나.

마흔 살
이니까.

그러면 엄마도
클 수 있으려나?
마흔 살인데.

어떤
부분이?

엄마.

음…

마흔 살이
싫어?

뭐가 싫어?

나,

여하튼
느낌이
그런 거야.

왜 이렇게
싫은 걸까?

자, 빨리
자야지.

마흔 살.

내가 정말
원하는 건 뭐지?

꽃꽂이도
즐겁고

안녕
하세요.

다른
강습생들과도
잘 지낸다.
정말
그러
네요.
어렵네요.

안녕하세요~

나름대로는.

오늘은
파티용
꽃꽂이를
해볼게요.

그리고,

꽃꽂이 교실에
다니기 시작한 지
4개월.

안녕히
가세요.

앞으로도

'나름대로'를
넘어서고 싶지
않은 기분.
귀찮다.

'나름대로'를

자신을 방어하기만
하는 나.

넘어서는 일은
없을 것이다.

예전부터

이랬던가?

왜 마흔 살이
되는 게 싫을까~
하고.

그래서
왜인지
알아
냈어?
글쎄…

나이가
들어서일까?

음…

어머,
어서
와라~
엄마!

시들어가는
기분이
드는 건지도.

이런, 들켰네?
생각 좀 하고
있었어.
엄마,
지금
혼잣말
했지.

그래

시든다고
할까,

그거야.

피었던 꽃이
기운이
없어지고,

이제,
앞으로는

꽃잎도
하나하나
떨어지고,

'예쁘다'는 말,
더이상
들을 수 없게
되겠지.

이파리만
남은 것
같은
기분…
하하하

글쎄,

이런 생각을
하면

어떨까.

조금
시들어버린
느낌이 든다.

엄마의
꽃은

그런
사람도
있을지
모르지만

그러면
꽃은

이제
끝이라는
기분이
드네~

내년에
다시
피는 거
아냐?

나도 저녁까지는 돌아올게.

내가 정말
원하는 건 뭐지?

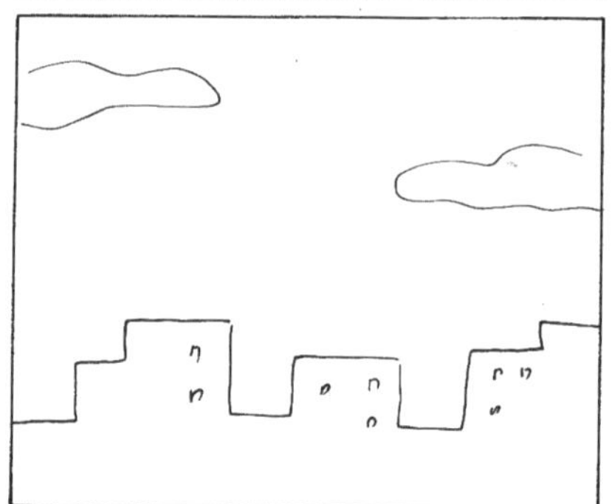

다에코,
쉬는 날인데
미안해.

날씨
좋다~

걱정 마세요.
저도
즐거운걸요.

리나야,
올해는
산타
할아버지
한테
무슨 선물
받고 싶어?

응.
우리
크리스마스
선물 사러
가기로
했지?

뭐?
왜 재미가
없는데?

산타클로스
없다는 거
알아.

어른들은 왜
산타클로스가
있다고
거짓말을
하는 거야?

선물은
아빠랑 엄마가
밤에 놔두는
거야.

그거야,
되도록 오랫동안
꿈을 꿀 수 있기를
바라니까
그런 거지.

뭐야~
벌써 알고
있구나.
재미없게.

어른이 되면
여러 가지로 힘드니까.
흐~음

왜?

크리스마스 선물로는 좀 이르지만.

백화점

아빠와 엄마에게는 자전거를 받으려고.
좋겠네~

장난감

엄마는 옛날에 아빠한테 목걸이를 선물 받았는데,

Fruits Palour

그 목걸이가 아빠에게 받은 첫번째 크리스마스 선물이었대.
와~

고모, 선물 고마워.

모든 것에 대답하려고 하면
어떻게 되는지 알아?
그랬구나~
굉장히
기뻤대.
어떻게
되는데?
고모도 올해
누가 선물 줘?
으~
잃어버린단다,
너에게
좋은 걸
가르쳐줄게.
자기
자신을.
사람은
모든 질문에
대답하지
않아도
된단다.

대출은
있지만
집도 샀고,
애인은
원하지만
아무나
만나고
싶은 건
아니고.
늦었네~
벌써
저녁이야.
내가
산타클로스에게
받고 싶은 것은,
선물은
말이지~
음~
서른다섯
살이나 되면
원하는 게
별로 없단다~

누구한테
받는 거야?

보장

글쎄, 어떨까.
모르겠네.

일지도,
어떤
의미에선.

아마도

뭔가 메마른
얘기네.

누군가
한 사람에게
받는 것은
아닐 거야.

그거,

다에코도
저녁 먹고
갔으면
좋았을 텐데.

내가 정말
원하는 건 뭐지?

흐음.
먹고 가라고 했는데,
요가교실에 간대요.

오늘 고모가
선물 사줬어.

회사의 여직원들도
그렇고, 여자들은 뭘
배우길 좋아하나봐~

좋겠구나~
다음은
산타할아버지의
선물이겠네~

여자들은 왜 배우는 걸
좋아해?

그래?
응, 나 자전거
받고 싶어.

엄마에게
물어보렴.

어머, 이런.
내가 왜 그런 말을
했을까.
하하하

왜냐면

배우는 게 즐겁기
때문이야, 분명.

인생을

공부도 되고.

더 나은 것으로
만들고 싶기
때문이 아닐까?

엄마가 지금 제일 원하는 건 뭐야?

원하는 거?

응.
내일 체육복 가져 가야지?

글쎄…

응.
여기에 둘게~

그렇게 말하면, 없을지도.

저기,

그런 거라면
엄마는
존재감을
원해.

원하는 것이
없다는 건

엄마는
가끔
말이지,

행복한
것인지도 몰라.

바깥
세계에서
혼자만
뒤떨어진
기분이
들기도 해~

고모는
'보장'을
원한대.

엄마가
이상한
말을 했다.
이제
그만 자렴.

보장?

주택대출도
곧 끝나고

내가 정말
원하는 건 뭐지?

남편 월급도
그럭저럭,
아이도 귀엽고,

인생을
더 나은
것으로
만들고 싶다,

모두가 이런 걸
'행복'이라고
말하는데.

라니…
내가 왜 그런
말을 했을까.

괜찮은
편이잖아.

아~
날씨 좋다.

그럼 다에코,
부탁해.

빨래 잘
마르겠네~

쉬는 날인데
미안해.
네—

이불도 널고
싶었는데

감기 기운
있으니까
얌전하게
있어야 해.

화분도 내다
놓을걸.

이제,
평생 동안

이렇게 좋은
날씨에도

데이트
약속으로
가슴이
두근거리는
일 같은 건
없겠지~

놀러가고
싶다는 생각을
안 하게 된 지

좀더
놀아둘 걸
그랬어~
하아~

얼마나
됐나?

○ ○ 병 원

태양을
가전제품의
하나로 여기게
되었다.

○○ 병원

엄마,
몸은 어때?

딸기
씻어 왔어.

미나코
왔구나.

아,
맞다.

오늘은 안색이
아주 좋네.

자,
받아.

그래, 선생님도
이제 곧 퇴원이라고
하는구나.

엄마,
고마워.

생일
선물이다.

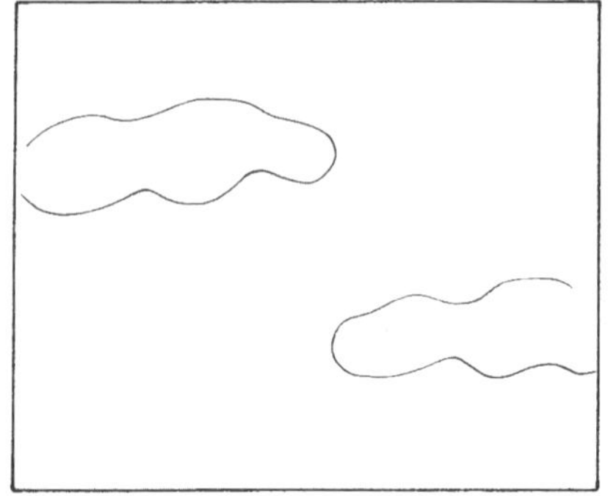

올해는 선물 사러
못 가서 돈으로 줄게,
얼마 안 되지만.

됐어요,
엄마.

좋아, 오랜만에
백화점에
들러볼까.

되긴 뭐가 돼.
가끔은 네가
갖고 싶은 것을
사기도 하렴.

이거
예쁘네~

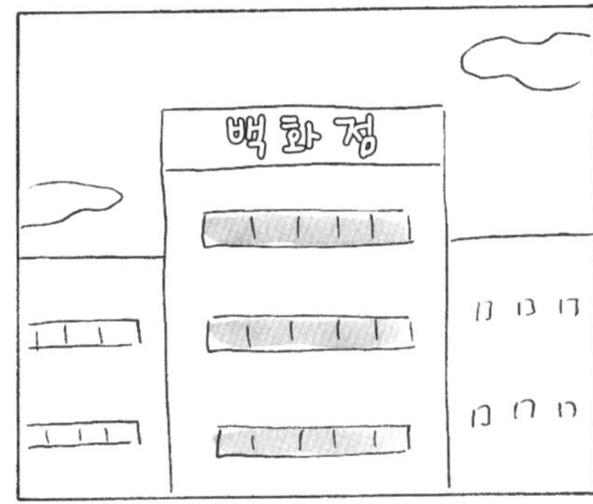
백화점

응?
예쁘다~

사람이
무척 많네.

이 매장은
너무 젊은 애
취향인가.
완전~
귀엽다~
쳇~

새 코트나
한번 볼까.

여긴
어떨까.

어디
보자.

외출할 일도
없으니.

우왓-
비싸!!

가고 싶은 곳도
없다는
기분이 들어.

일을 할 때는
이 정도 가격이면
샀었는데

이렇게

아니, 그보다

이렇게도
많은 옷들이
널려 있는데.

지금,
갖고 싶은
옷이 그다지
없어~

그렇지만,
다들
이렇게
말하지.

나는 원하는
것이 없다.

'사치스러운
고민'이라고.

원하는 것이
없다는 것은
행복한 것인지도
모른다.

그렇게 말한
사람은 나인데

듣기
싫어.

이 허전한 느낌은
뭘까?

고기만두, 오랜만에 사는 거야.

내가 정말
원하는 건 뭐지?

예전에 동아리 모임 끝나고 자주 먹었는데~

텔레비전도 지겹다~
응.

하나로는 부족했어. 두 개는 거뜬히 먹었다구.

편의점에라도 갈까?
응.

그때가 그립다~

음~
그러니까
말이지.

고모도
젊어지고
싶어?

여러 가지 면에서
너그럽게
봐주기도 하고

엄마는
나이
드는 게
싫대.

누군가
맛있는
저녁을
사주기도
하고

그거야
그렇지,
젊은 게
유리하니까.

존재만으로도
가치가
있다고나
할까~

왜
젊은 게
유리해?

그렇게 오래
필요하지는
않은 것
같아.

할 줄 아는 게
없어도
젊구나, 젊구나
하면서
치켜세워주거든.

만약
필요했다면

어때,
유리하지?
두두~

좀더 길게
지속되었을
테니까.

그렇지만
말이지

짧아서 딱
좋은 거야.

그런
가치는

다에코,
오늘
고마웠어.

그렇게
생각하지
않으면
힘들기도
하고~

고맙긴요.

아,
엄마!

언니도
가끔은 천천히
쇼핑이라도 하면
좋을 텐데.

다녀
왔어~

그러게.
고마워,
다에코.

언니,
어서
와요.

똑같다니,
예를
들면?

젊으면 너그럽게
봐주기도 하고
맛있는 것을
사주기도 한다고.

안녕히
주무
세요.
그래,
잘
자라.

어머, 고모가
어린 애한테
그런 말을
하니…

리나야
고모랑
오늘은
무슨 이야기
했어~?

그렇지만
그런 건 짧은
기간으로
충분하대.

그냥,
똑같은 얘기.

여보,
나 몇 살로
보여?

짧아서
딱 좋은
거래.

몇 살이라니,
마흔이잖아.

흐음~

그게 아니라,
모르는 사람이
봤을 때 말이야!

잘 자라.

수물
수물
잘 봐주면
서른다섯
정도는 되지
않을까?

힘들다니
뭐가!

그래?
아직은
그렇게
보일까?

그래도 뭐,
실제 나이보다
젊어 보이면 된 거
아니야?

아마도.

그러면
서른셋은
어때?
응?
응?

그건 좀 힘들지
않을까?

몇 살로
보이건

아니야.

살아온
세월만이
진짜니까.

그런 게
아니야.

난,

사람
이란

이미
아줌마야.

겉모습이
다가
아니야.

이사는
잘 했어?
응, 잘 했어.

내가 정말
원하는 건 뭐지?

오늘 월차
받아서
주소변경 같은
자잘한 일까지
한꺼번에
다 했어.

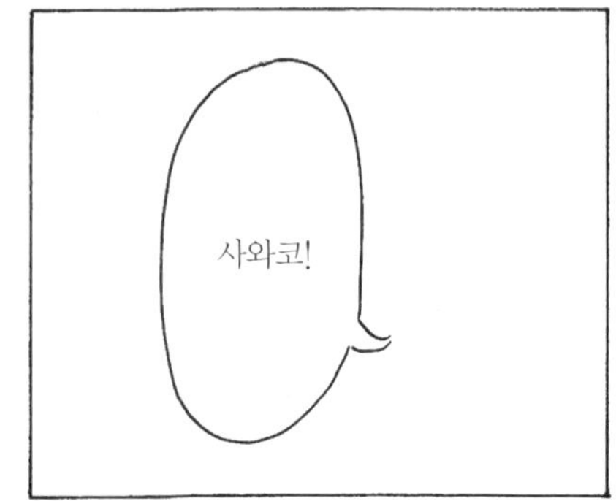
사와코!

대단해~
자기 힘으로
아파트를
사다니.
대단하긴
뭘.

미나코
잘
지냈어?
오랜만
이야~

앞으로 대출이자
갚으려면 이제
회사 관둘 생각은
꿈도 못 꿔.
하
하
하

나야말로 앞으로 어떻게 될지.
특별히 대단할 거 없어.
너 정말 대단해. 일도 계속 하고.
아니야, 살 쪘어~
그렇지만 넌 전혀 변하지 않았어.
난 아무것도 없는걸.
아니.
아, 어때? 요즘 만나는 사람은 있어?
무슨 말을 하는 거야~

있었는데, 여러 가지 일로 헤어졌어.

멋진 집도 있고, 리나도 귀엽고, 난 부러운걸.

아, 부럽다~ 우리 아이 크면 나도 가야지. 그때 같이 가자!

응, 나도.
그럼 또 문자할게.

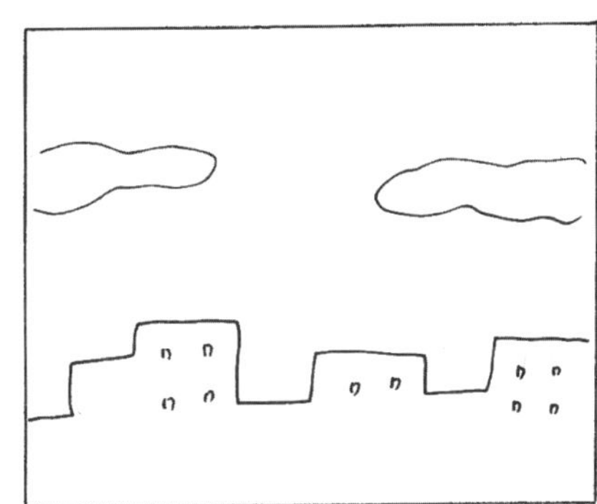

응.
사와코~ 다음에 또 천천히 이야기 하면서 밥이라도 먹자.

알고 있다.

오늘처럼 평일에 월차 받으면 또 점심 먹지, 뭐.

주말에는 연락하지 않을 것을.

그래.
아, 괜찮으면 난 주말도 좋아. 남편이 아이 봐주니까.

내게는 주말이
없는 걸까?

아이가
있으니까
신경
쓰이겠지.

아이가
클 때까지?

그렇다고

기다리다
끝나버리는
거야.

그런 말
해봤자

나만 자꾸
연락하면
한가한 주부라고
생각할 거고…

얼마 남지 않은
나의 젊음이!

언제까지

똑같은 모습으로
나이가 들지는
않는다는 것에

도대체 뭘까?

초조해지는
원인이
있는 걸까?

이 초조한
느낌은.

사와코가
애인과
헤어졌다고
하지만

나이는
드는
건데.
누구나

타이완
여행이라니!
그렇지만
부러워.

누구나
나이는 들지만

제길

아직 사랑을 해도 된다는 게 부러워.
투수ー

재미없어.

난, 이제 사랑을 해서도 안 되고

분명히 나보다 사와코가 많아질 거야.
흠

다른 남자와 자서도 안 된다.

평생의 섹스 횟수.
하아

그런데 같은 나이의 사와코는 아직까지도 애인과의 타이완 여행이 허용된다.

그래?
아니, 별로
상관없어.

내가 정말
원하는 건 뭐지?

저녁까지
유치원에 있어야
하는데 괜찮아?

정말?
괜찮아.

리나야.

응?
엄마,
어떤 일
하는데?

엄마가
일하러
나가면
외로울까?

엄마는
예전에
은행 창구에서
일했으니까

좋지, 뭐.

사람
상대하는
일은
잘하거든.

응?

엄마,
굉장하다~

난
여자가 일하는 거
찬성이야.

그래?
굉장해?

'일하는 엄마'의 모습도 아이에게 보여주고 싶고.
그래?
응, 좋지.
어쩌구
맞아! 일을 하면 세계도 넓어지잖아.
집안일에 지장이 없는 범위에서 한다면 적극 찬성이야.
좋다고 생각해. 굳이 계속 집에 있을 필요는 없으니까.
정말?
아, 응.
바로 그거야~ 계속 집에 있으면 혼자 쓸데없는 생각이나 하게 되거든.

엄마가
하고 싶은 일을
찾을 수 있을지도
잘 모르고.

그렇지.

그렇지만,
엄마.

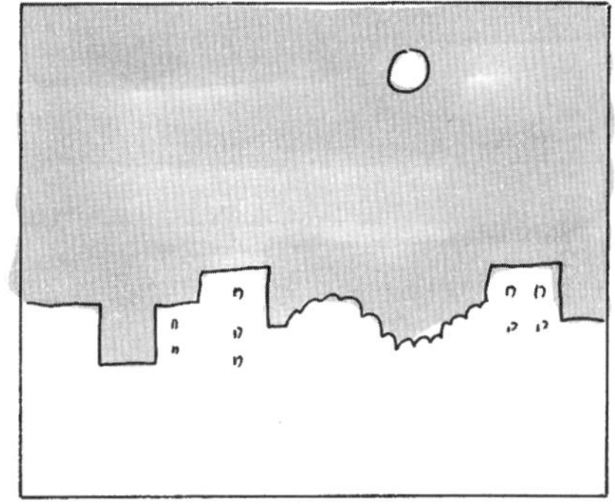

되고 싶은 대로
된 사람만 있으면
세상은 북새통이
된대.

엄마,
언제부터
일해?

뭐?
고모가
그랬어.

흐음.
글쎄, 아직
결정한 건 아니야.

내 월급은 얼마 되지도 않을 거고.

일이란 건 하고 싶은 게 전부인 것은 아니래.

집안일은 똑같이 해야 하고.

그렇다면

하고 싶은 일도 할 수 없다.

난

거기다 어차피 사랑도 할 수 없고.

무엇을 위해 일하는 거지?

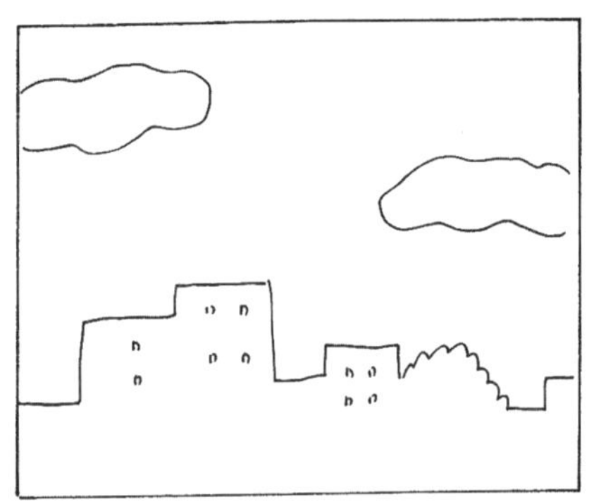

내가 정말
원하는 건 뭐지?

투우~

다녀와.
차
조심하고.
네~
응

집안일에

응

지장이
없는
범위라…

이불을
말려볼까.
자,

엄마!

미나코 왔니?

네 덕분이다.
다음주면 퇴원이네.

네가 있어줘서 정말 다행이야.

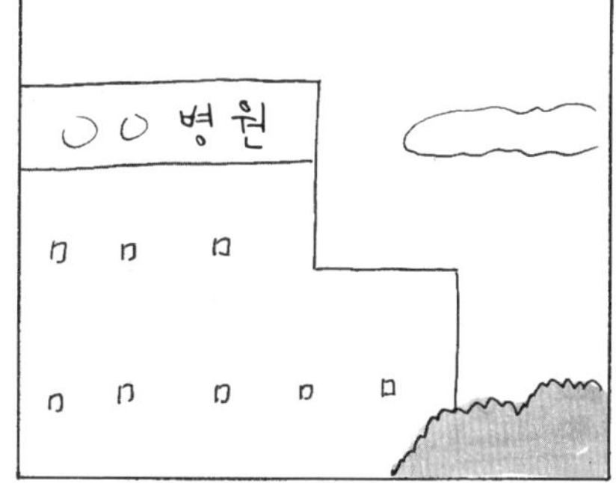
○○ 병원

그렇지만 리나가 좀더 큰 다음에 하는 게 낫지 않겠어?
엄마, 나 다시 일을 할까 생각중이야.
그래?
리나도 좋다고 했는걸.
리나도 많이 컸고.
그렇지만 그렇게 서둘지 않아도… 아니면 돈이 부족하니?
리나 아빠는 뭐라니?
에이, 그런 거 아니야.
그래.
좋다고 해.

그냥 일을 하고 싶을 뿐이야. 계속 집에만 있는 것보다 세계도 넓어지고.

응.

그래,

그것도 괜찮을 거 같네.

그렇지만 남편한테 소홀하지 않을 범위에서 해라.

나의
세계에는

집안일에 지장이
없는 범위

그런 조건이
붙는 걸까?

가족에게 소홀하지
않을 범위

끄적
끄적

왜

* 主人(슈진). 가장이나 남편을 뜻한다.

그렇구나~
고맙습니다.

'주인'이면
아빠인 거지?
엄마가 그렇게
부르잖아.
응?

집에서

무슨 뜻이야?

가장

그러
니까~
음

훌륭한
사람

집에서 가장
훌륭한
사람이랄까.

내가 정말
원하는 건 뭐지?

그래?

크면 미인이
될 거야.

그렇지만 지금은
힘들지도 몰라.

그래?
엄마,
일할 거래.

불경기니까.
왜?

무슨 일?

우리 회사도
언제
무너질지
모르거든.
후-

아직 정하지는
않았지만,
은행 일을
다시 하고 싶대.

나는
정말로 돈이
필요하거든.

회사가
무너지면
어떻게 되는
건데?

새로운 직장을
구해야 해~

다에코,
오늘
고마웠어.

맞아
맞아.
그렇지만 지금은
그게 어려운 거지?

또 언제든지
불러요.
올게요.

게다가
너희 엄마가
일을 찾는 것과
내가 찾는 건
조금 달라.

큰일
이네요.
저런,
아이가 열이
있다고요?

네,
간호 잘
하세요.
괜찮아요.
제가 할게요.

둬우
내일은
월요일이군~

둬우

앗,
전화
부스럭
부스럭

직장 동료의
아이가
감기에 걸려서

어쩐
일이세요?
여보세요.
네.

도와야 하니까요.

야근
하겠군.
내일은
그녀의 몫까지
일해야 합니다.

그렇지만…

감기가
유행이구나~

내 쪽이
압도적으로
많다는
느낌이 든다.

괜찮습니다.

도와주는 횟수.

어려울 때는
서로

남편도
아이도 있는
동료를
지원해야
하다니.

정말로

새언니가
하고 싶은
일을 찾는다고
했지~
그러고
보니

서로 돕는 거
맞나?

으아~
으아~

깊게
생각하면
안
되겠다.
이런~

뭐야~

내게는 아무런
보장도 없는데

지금은
일을 찾는 게
어렵대.
내가 정말
원하는 건 뭐지?

고모가
그러던데.
뭐?

저런,
아직
안 잤어?

고모도
회사가
무너지면
힘들다고.

엄마~
일은
찾았어?

그렇지~
나이 때문에
어렵지, 정말.

아직.

안녕히
주무세요.
글쎄,
얼른 자.
그렇지만
엄마와는
다르대.
고모는 진짜로
일하지 않으면
안 된대.
다르다니
응.
고모가
그런 말을
했어?
뭐야~
엄마랑
고모는 달라?

적군
이야?

알지만,

아군
이야?

무슨
의미인지는
알지만

하는
의구심이
생겨버린다.

굳이 말로
할 필요는
없잖아.

말로
전달되면

식사 시간을
놓쳤거든,
뭐 없어?

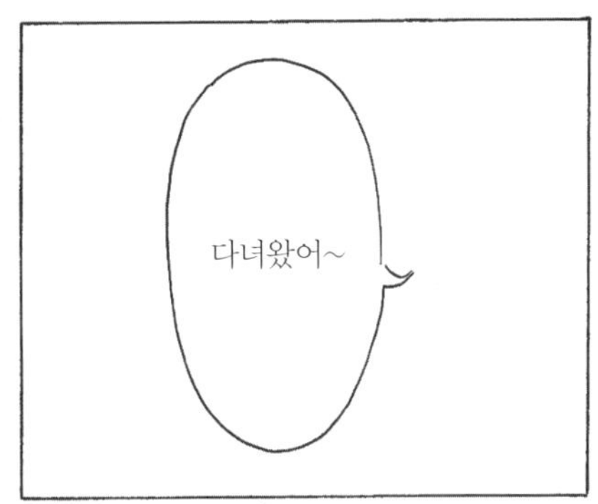
다녀왔어~

어서
와요.
아~
피곤
하다.

자,
먹어요.

뭐,
먹을 거
좀 있어?

에이~
야채볶음이랑
된장국뿐이야?

응?
필요없다고
하지 않았어?

나는 일을
전혀 안 하는 줄
알아?
올해는
학부모회
위원도
하고
있는데…

하루 종일
일하고 돌아왔는데
야채볶음이라니,
썰렁하다……

그렇지만
말하지 않는다.
아

아냐~
먹어, 먹을게.
잘 먹겠습니다.

말해봤자
김치
있는데.

때로는

분위기만
나빠질 테니까.
응,
먹을래.

말하고
싶어진다.

영차!

내가 정말
원하는 건 뭐지?

'영차'가
어울리게 된 나

다녀오겠
습니다~

더이상,
사랑을
할 리도
없다.

네~
차 조심해.

길거리에서
뒤돌아봐
주는 사람도
없다.

날씨도
좋으니
이불을
널어볼까.
자~

영차~
가족이
고마워할
것도
아니다.

아이가
어느 정도
자라면
일을 하려고
생각했지만

억지로 일을
나가지 않아도
되니까
행복한 거라고
모두들 말한다.

그때가 되고 보니
이미 일을
찾을 수 없게
되었고.

그런 말을
들으면
아무 말도
할 수 없다.

일도 집안일에
지장이 없는
범위라고
정해져 있어서

나는,

영차~
만약 일을
한다고 해도

공기가

내 자신이
희미해져 가는
기분이 들었다.

되어
버리는
걸까.
영차

예전에는 좀더
뚜렷했었는데~

계속
희미해지면
영차

도대체
어떻게 되는
걸까?

현관 앞에
차 대러
먼저 나가셨어.

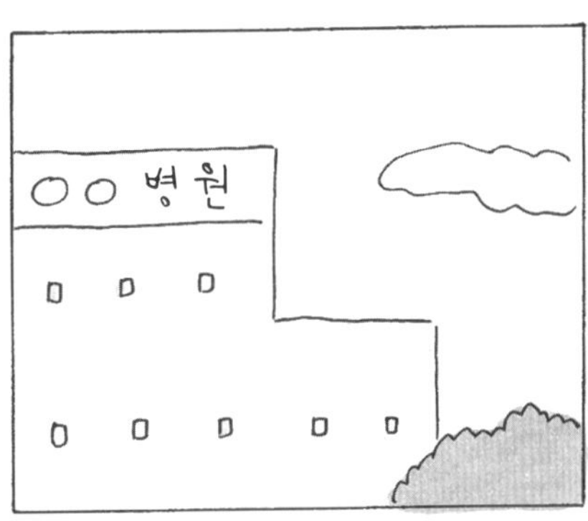
○○ 병원

아빠가
있어서
다행이지,
뭐니.
그래?

엄마

다행이긴. 엄마가
입원해 있는 동안
집안일 하나도
안했잖아.
첫

고맙다.
퇴원
축하해요.

미안해.
네가 힘들었지?

응?
아빠는?

내가 힘들다는 게 아니라, 아빠도 조금은 집안일을 해야 한다는 거야.

엄마, 얼른 와.
엄마 왔다~

도대체가 엄마에게 고마워하는 마음이 조금도 없단 말이야.

고생 하셨 어요.
다에코, 고마워.

괜찮아, 아빠도 분명 알고 있을 거야.

다에코에게 신세를 많이 지네.

자, 이제 가자.

아직
결정한 건
아니지만,
그럴까
생각중이야.

고마워.
어려울 때는
서로 돕는 거죠.

괜찮은 곳
찾으면 좋겠네요.

언니도 이제 좀
안심이 되죠?

고마워.
하지만
기대는 안 해.

응. 이제
퇴원하셔서.

그러니까.
불황
이니까요.

맞다,
언니 일하러
나간다면서요?

뭐, 친구랑 식사를 하거나 여행을 하는 것도 즐겁기는 해요.

그리고 내 경우에는 무리해서 일할 필요가 있는 것도 아니고.

그래, 그런 다에코가 부러워~

난, 봐봐~ 좀처럼 자유가 없잖아.

그래요. 나야 독신이라 일하지 않으면 밥줄이 끊기니까요.

그래도

그렇지만

저기.

아이의 성장을
볼 수 있는 것도
지금뿐이니까.

엄마랑 고모
싸우는 거야?

이것도 인생의
소중한 경험 중
하나라고 생각해.

아니, 왜?
사이좋게
얘기하고 있잖아.

무슨 소리.
다에코야
말로.
언니가 정말
부러워요.

두두
두두

오전에
고용복지센터에
갔었는데 마땅한
일이 없네.
그래?

내가 정말
원하는 건 뭐지?

느긋하게
찾아도 되잖아?

나 왔어~

오늘 다에코가
나보고 부럽다고
하던데.

응.
장모님
퇴원하셨어?

그야
그렇겠지.

그러
셨어?
당신한테
안부
전해달래.

모두가
가르쳐준다.
다에코가
걱정이야.
결혼을
할 수 있을지도
모르겠고.
내가
행복하다는
것을.
그래서 일도
더 열심히 하는
것일 테고.
그런데
타이르는 듯한
기분이
드는 것은
다에코 입장에서
보면 당신이
행복해 보이겠지.
왜일까?
그렇겠지.

내 경우에는
무리해서
일할 필요가
있는 것도
아니고.

말했는걸.
그런
식으로

아까,
나

맞는
말이긴
하지만.
울컥

두우~
어른스럽지
못했어.

그렇지만
나도 나빴어.

새언니도
하지만

우리들

'괜찮은 곳 찾으면
좋겠네요'라니.

어느새 경쟁을
하고 있다.

속으로는
그렇게
생각하지도
않으면서

자신이 가진 걸
서로 과시해봐야

'하고 싶은 일을
쉽게 찾을 수
있을 리가 없잖아!!'

별수
없는데.

내 얼굴에
쓰여
있었을지도
몰라.
~라고

나에 대해서

모두들 비웃고 있는 걸까.

두우~
오늘, 쓸데없이 경쟁을 하려 들었어.

아니야

하지만 '괜찮은 곳 찾으면 좋겠네요' 라고 했는걸.

나였어.
오늘 싸움 건 사람은

찾지 못할 거 뻔히 알면서!

우리들

내 경우에는
무리해서
일할 필요가
있는 것도
아니고.

무엇을 위해
경쟁했던 걸까.

그런 식으로
말을 하다니.

경쟁을
강요받았던 것

그런 말을
하고 싶었던 것도
아닌데…

뿐일까.

무심코

응.
그 이불,
오늘
말린 거야.

이 집, 1층은
햇볕이
잘 안 들어서
항상 2층
베란다에 널어.

아~
피곤하다.

내일 일찍
깨워줘.

이불을 들고

응?
저기
말이지.

무겁지만
천천히
내려와.

계단을 오른
다음에 마르면
다시 가지고
내려와.

그러니까

그리고 다음
이불을 널기
위해 계단을
올라가.

당신이
덮고 있는
이불은

한동안 햇볕을
쏘인 다음 다시
이불을 걷는데

그런
이불이라는
거야.
아, 응.
고마워.

계단을
내려올 때는
이불 때문에
앞이 보이지
않아서

좋은 생각이
아닌지도 몰라.

엄마,

최소한…

아무 말
하지 않아도
알아줄 거라고

최소한 지금의
나에게는.

기대하는 건

그렇게

응?
내가 정말
원하는 건 뭐지?

오늘 학교에서
작문을 한대.

응,
잘 잤니?
안녕히
주무
셨어요?

크면 뭐가
되고 싶은지.

오늘
월요일이니까
학교 가서
열심히 해.

엄마?
엄마는 뭐가
되고 싶었어?

저기, 엄마는
크면 뭐가
되고 싶었어?

아무것도
되지 못했지만.

엄마는
피아니스트가
되고 싶었어.

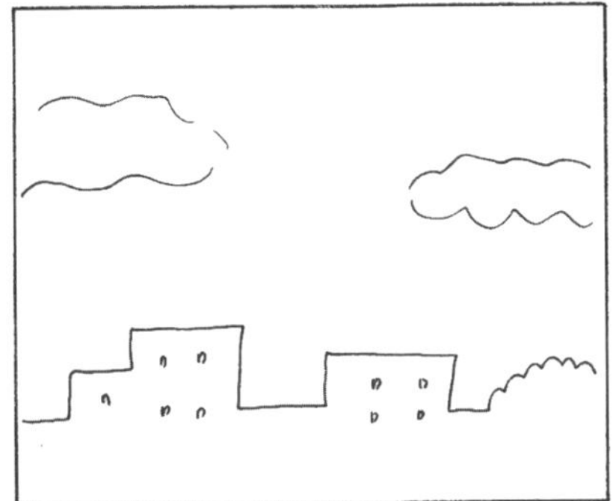

피아니스트?
피아노를
배웠었
거든.

다녀
오겠
습니다.
다녀와.

꽤
잘쳤단다~
에헴~

리나야, 작문!
뭐가 되고 싶다고
쓸 건지 정했니?

결국

누구도 되고
싶지 않아.

음~

몰라.

다녀
오겠
습니다~

무엇이 되고
싶은지는
모르지만

누구도

하지만
난,

숙제?
왜 '주主'자로
단어 만들기!

되고
싶지 않다.

아~
그래.
선생님한테
칭찬 받았어.

나 '주인'이
아니라
'주인공'이라고
썼어.

엄마~

다녀오겠습니다.

숙제
있잖아.

왜?

좋은 것 같아!

엄마도 '주인공'이 더 좋다고 생각해!

타닥
타닥

네~
차 조심해~

리나야~

내가 정말
원하는 건 뭐지?

나는
마음속으로
생각한다.

엄마는 '아무것도
되지 못했다'라고
말하지만

앗!

그럼, 엄마는
지금 뭐지?
투명인간?

도토리.

새싹이 나올 수
없는 곳을
굴러다니기도 한다.

엄마는 여기
확실하게
있는데도
이상한 말을
한다.

나무가 되는 것은
도토리에게
아주 힘든 일이라고
선생님이 말씀하셨다.

나무에서
떨어진
도토리는
지금~

그렇지만 엄마는
이미 '있다.'

모두 나무가
되는 게
아니라

그것은

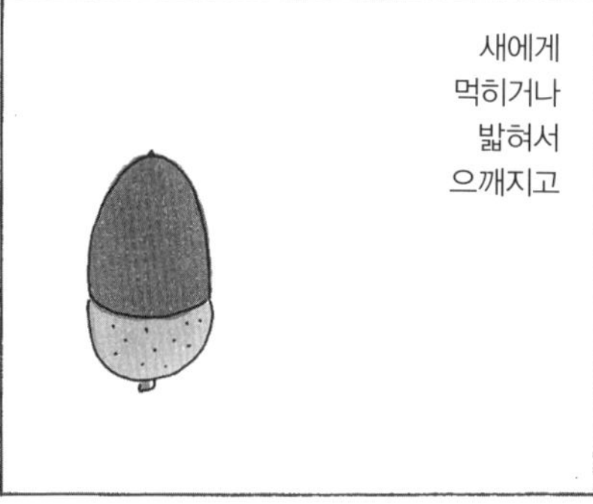

새에게
먹히거나
밟혀서
으깨지고

무척

이불을
널어볼까.
자

대단한
일이다.

영차~

분명히
이 도토리에게는.

응차!

여기에다
도토리
묻어놔야지.

이거
이거
아,
맞아요.
우리집,
우리집
남편
거예요.

영차!
후우~
아주머니~
이 옷,
그 집
주인양반 거
아니우?

옮긴이 박정임
경희대학교 철학과를 졸업하고 일본 지바대학원에서 일본근대문학 석사과정을 수료했다.
현재는 전문번역가로 일하면서 작은 책방도 운영하고 있다. 옮긴 책으로는 마스다 미리의
〈수짱 시리즈〉를 비롯해 『미야자와 겐지 전집』 『어쩌다 보니 50살이네요』 『밤의 이발소』
『더러운 손을 거기에 닦지 마』 『오늘도 상처받았나요?』 『피아노 치는 할머니가 될래』
『미우라 씨의 친구』 『고양이를 처방해 드립니다』 등이 있다.

내가 정말 원하는 건 뭐지?

| 1판 1쇄 발행 2012년 12월 15일 | 1판 26쇄 발행 2022년 5월 23일
| 2판 1쇄 발행 2025년 2월 28일 | 2판 2쇄 발행 2025년 7월 7일

| 지은이 마스다 미리 | 옮긴이 박정임 | 펴낸이 김소영

| 편집 고미영 | 디자인 이효진
| 저작권 박지영 형소진 오서영 조경은
| 마케팅 정민호 서지화 한민아 이민경 왕지경 정유진 정경주 김수인 김혜원 김예진
| 브랜딩 함유지 박민재 김희숙 이송이 김하연 박다솔 조다현 배진성
| 제작 강신은 김동욱 이순호 | 제작처 더블비(인쇄) 중앙제책사(제본)

| 펴낸곳 (주)이봄
| 출판등록 2014년 7월 6일 제406-2014-000064호
| 주소 10881 경기도 파주시 회동길 210
| 전자우편 yibom@munhak.com
| 대표전화 031-955-8888 | 팩스 031-955-8855

ISBN 979-11-90582-84-1 17830